To. 사랑스러운 _____ 에게

설레고 두근거려
pit a pat

1판 1쇄 인쇄 2019년 1월 25일
1판 1쇄 발행 2019년 2월 14일

지은이 이나나

발행인 양원석 **본부장** 김순미 **편집장** 최두은 **책임편집** 이슬기
디자인 RHK 디자인팀 박진영 **해외저작권** 황지현 **제작** 문태일
영업마케팅 최창규, 김용환, 정주호, 양정길, 이은혜, 조아라,
　　　　　　　신우섭, 유가형, 임도진, 김유정, 정문희, 신예은

펴낸 곳 ㈜알에이치코리아
주소 서울시 금천구 가산디지털2로 53, 20층(가산동, 한라시그마밸리)
편집문의 02-6443-8916 **구입문의** 02-6443-8838
홈페이지 http://rhk.co.kr **등록** 2004년 1월 15일 제2-3726호

ISBN 978-89-255-6571-2 (03810)

※ 이 책은 ㈜알에이치코리아가 저작권자와의 계약에 따라 발행한 것이므로
　 본사의 서면 허락 없이는 어떠한 형태나 수단으로도 이 책의 내용을 이용하지 못합니다.

※ 잘못된 책은 구입하신 서점에서 바꾸어 드립니다.

※ 책값은 뒤표지에 있습니다.

설레고 두근거려

숨길 수 없는 너와 나의 이야기

설레고
두근거려

pit a pat

이나나 그리고 쓰다

알에이치코리아

언제나 두근두근
pit a pat

첫 그림을 업로드하던 기억이 머릿속을 스쳐 지나갑니다.

사랑을 주제로 어떤 이들의 설레는 순간을 기록하고 싶었습니다.
덩달아 설레는 마음에 밤잠 설치며 그린 그림이,
제가 느꼈던 오묘하고 달콤한 감정을
여러분에게도 가져다준다면 기쁘겠습니다.

일상 속에 행복의 조각들이 늘 숨어 있다지만
종종 한 조각도 발견하지 못하는 날도 있습니다.
그런 날 무심코 펼쳤을 때 미소 짓게 만드는
선물 같은 책이 되었으면 해요.

아직도 이야기의 시작을 잘 풀어나가는 것과 표현하는 것,
어느 하나 쉬운 일이 없습니다.
여태 그래왔듯 앞으로도 매 순간 쉽지 않을 테지요.
무수한 '처음'들이 그러한 것처럼 말이에요.

여러분도 제 그림과 마주하는 처음을 앞두고 계시네요.
그저 감사할 뿐입니다.

훗날, 모든 것들이 익숙해지는 순간에 이 책이
시작하던 우리를 떠올리게 해준다면 좋겠습니다.

이나나

사랑 가득 담아 제 마음 빚어주신
세상에서 가장 큰 나무, 아빠와
아름다운 꽃, 엄마께 감사드립니다.

CONTENTS

006 언제나 두근두근
pit a pat

Part 1

그날 밤

달에게 말했다

014 사랑에 빠지는 시간
016 그 순간
018 달달한 발렌타인
020 흘러가는 마음
022 마음에 울리는 선율
024 늦은 하교
026 심장이 따르릉
028 사랑이 꽃피는 계절
030 멈춰진 시간 속
032 발길 닿는 곳으로
034 우연히
036 발그레
038 어색한 공기
040 운수 좋은 날
042 설레는 오해
044 오로라를 만나면
046 해와 달
048 겁이 나서
050 꿈결

052 좋아하는 것
054 봄이 왔네요
056 어깨를 내어줄게요
058 달에게
060 우리 사이
062 겨울에서 봄
064 벌써 봄
066 고백하기 5분 전
068 마음의 무게
070 봄을 바라보다
072 호수 위 로망스
074 둥실둥실
076 무지갯빛 정류장
078 러브레터
080 비밀정원
084 빗방울 랩소디
086 잠금 해제
088 마법을 담아
092 빗속의 영화
094 비가 그치고
096 겨울이 준 선물
098 잘 모르겠어요
100 봄을 기다리는 너에게
102 달빛 아래
104 꿈길
106 기다림이란 시작

Part 2

우리의 계절이
시작된다

110 반짝이는 마음

112 사랑 매듭

114 손끝에 전해지는

116 그림자 속으로

118 초점

120 둘이서 하나

122 그런 모습도

124 한 번의 손길

126 저 하늘 정상에서

128 첫 눈 맞춤

130 너에게는 언제까지나

132 배부른 마음

134 알아주길

136 봄꽃 엔딩

138 너와 나의 멜로디

140 오아시스

142 천국의 계단

144 기다림

148 따뜻한 포옹

150 꿈의 숲

152 첫사랑

154 시작점

156 하루의 끝

158 한줄기 빛이 되기를

160 아, 그랬구나

162 맹세

164 크리스마스 선물

166 온기

168 달빛에 기대어

170 사랑의 계절

172 우리의 엔딩

174 이루어질 마법

176 벚꽃 연가

178 영화 속 한 장면처럼

180 별 축제

182 기록 거울

Part 3

그리고 우리는
두 손을 맞잡았다

186 주인공

188 푸르른 보통날

190 봄 눈

192 모래성

194 바람 타고

196 너의 걱정만 있다면

198 당신을 그려요

200 변함없이

202 함께 가요

204 소중한 사람

206 여름날

208 우리의 계절

210 길

212 그날, 빗속에서

214 너의 곁에서

218 이곳에서

220 약속

222 순간에서 영원으로

224 가을동화

226 태양 아래서

228 은하수 길 따라

230 사랑스런 이야기

232 모든 순간

234 그날, 우리

236 그 밤에

238 동이 터올 때

240 너만의 산타클로스

242 내 눈 가득히

244 운명

246 달 안에서 만나요

248 비로소

250 사랑이라는 천국

252 약속해요

254 비춰주세요

Part 1

그날 밤

달에게 말했다

사랑에
빠지는 시간

따듯한 찻잔 위로 올라오는
포근한 연기 사이로
우리가 눈을 마주친 시간,
단 3초.

그 순간

한 폭의 그림 같은 순간은
그렇게 예고도 없이 찾아와

내 마음이 설레도록
흔들어놓았지.

달달한
발렌타인

사랑이란 말로는
마음을 다 담을 수 없어서
작은 초콜릿에 꾹꾹 눌러 담았나 봐요.

이렇게 달달할 수가 없는걸요.

흘러가는 마음

공이 그녀에게로 갔을 때

내 마음도 같이 따라간 걸까.

마음에 울리는 선율

지금 그의 모습을 닮은
아름다운 선율이 들려온다.

자꾸만 마음 한 구석이 간지럽다.

늦은 하교

늦은 하굣길.
날 기다려준 걸까…?

심장이 따르릉

그의 허리를 꼭 붙잡아도 될까?
너무나 망설여져.

내 마음을 다 들킬까 봐.

사랑이
꽃피는 계절

만개하는 꽃들처럼
나는 여기 피어 있을게요.

그러니 이쪽으로 한 걸음 와요.
조금만 고갤 돌려 날 봐요.

멈
춰
진　시
　　간
　　속

핑크빛 노을 아래 함께였던 우리.

혹시나 이 꿈 같은 순간이 사라질까 봐
얼마나 오랫동안
그 모습을 바라봤는지 몰라.

발길 닿는 곳으로

발길 닿는 대로 걸었습니다.

그들에게 어디로 가는지는
그리 중요치 않았으니까요.

우연히

우연히 본 그의 웃는 얼굴이
내 마음 한편에 새겨졌어요.

깊이, 오래도록.

발그레

달아오른 두 뺨이
주위를 온통
발그레, 물들였어요.

어색한 공기

우리는 어색한 공기 속에서
말없이 미소만 지었지.
굳이 긴 말은 필요치 않았으니까.

운수 좋은 날

한껏 꾸민 날에는 나타나지 않던 그를
왜 항상 이런 순간에만 마주치게 되는 걸까.

설레는 오해

같이 듣자며
다가오는 너의 손에
심장이

쿵.

오로라를 만나면

새벽 밤하늘 피어난 구름 사이로 오로라를 만나면
기다리던 내 사랑을 만날 수 있다고 말해주세요.

그럼 나는 한줄기 빛처럼 내려온 그에게
사랑에 빠져버렸다고 말할 테니까요.

해와 달

네가 돌아봐줄 때까지
항상 네 뒤를 따라갈게.
그럼 언젠가 우리도
닿을 수 있겠지.

겁이 나서

당장이라도 이 문을 열면
그녀가 화사한 미소로
날 바라봐줄 것 같은데
겁쟁이인 난,
그저 창문 뒤로 숨어버렸어.

더는 그 미소를 볼 수 없을까 봐
겁이 나서…

꿈결

그날,
그의 손길이 꿈결 같아서일까요?

은하수가 펼쳐진 꿈속에서
그 기억을 다시 만났습니다.

좋아하는 것

그녀는
밤공기를 마시는 걸 좋아하고
지는 노을을 지긋이 바라보는 걸,
노래를 흥얼거리는 걸 좋아해요.

그녀가 좋아하는 걸
어느 샌가 함께하고 있다는 건,

나의 사랑이 시작된 걸까요?

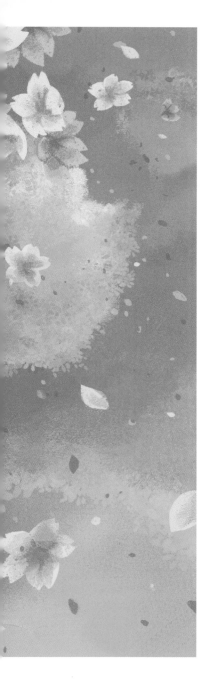

봄이 왔네요

벚꽃이 만들어준 풍경 속에서
내 감정을 숨길 수 없었어요.

어깨를
내어줄게요

그대가 원한다면 언제든
내 어깨를 내어줄게요.

그리고 이 말은
당신을 좋아한다는 말이에요.

달에게

기차는 먼 길을 달려
그리운 가족에게로 향했고
난 먼 길을 돌아
네게 왔노라고

그날 밤,
달에게 말했습니다.

우리 사이

이제는 그의 손길이…
나, 괜찮지 않아요.

그를 향한 내 마음을
알아버렸으니까요.

겨울에서

봄

살며시 한 발자국,
또 한 발자국.
그렇게 우리 사이는
겨울에서 봄이 되겠지.

벌써 봄

아직 겨울은 끝나지 않았는데
그녀를 바라보는 내 마음은
왜 벌써 봄인 걸까.

고
백
하
기 5
분
전

5분 뒤,
내가 전할 작은 진심.

"널 좋아해"

마음의 무게

꼭꼭 담아두고만 있던
내 마음이 버거워 보였나 봐요.
어느 날 조심스레 다가온 그가
한가득 덜어주었거든요.

덕분에
함께 들 수 있다는 행복을 찾았어요.

봄을 바라보다

벚꽃잎 날리는 봄을 바라보다
문득, 벚꽃처럼 피어난
그녀의 수줍음과 만났다.

호수 위 로망스

고요히 떠 있는 작은 오리배 하나.
호수를 빛으로 물들여요.

둥실둥실

지금 내 마음을
어떻게 표현할 수 있을까요?

마치 부풀어 오른 풍선 같아
하늘 위를 떠다니는 기분이라는 말밖엔
이 마음 설명할 길이 없네요.

무
지
갯
빛
정
류
장

내 원피스를 닮은
노오란 바나나 우유를 손에 들고
수줍은 듯 그가 다가왔다.

우리가 머문 정류장은
무지갯빛으로 물들었다.

러브레터

한 자 한 자
편지를 쓰면서
나도 모르게 미소 지었어.

알고 있을까?
너에게만 전하는 러브레터라는 거.

비밀정원

어느 봄날,
비밀스런 추억 하나를

그곳에
남겨두고 왔어요.

빗방울 랩소디

그 후,
우리가 어떻게 집까지 함께 걷게 됐는지는
그날의 빗방울만 알고 있어요.

잠금 해제

마음에 꼭 든
그녀에게 번호를 물었다.
그렇게 서로의 마음을 교환했다.

마법을 담아

이 편지에 온 마음 담아 보내요.
그러니 조금만 더 기다려주세요.

금방 곁으로 달려갈게요.

빗속의 영화

마치 영화 속 한 장면처럼
우산 사이로 나타난 그는

날 여주인공으로 만들어주었다.

비
가
그
치
고

우산 위로 떨어지는 빗소리가 잦아들 즈음
그제야 고개를 들었다.

내 눈에 비친 네 모습은
그날의 비가 데려온
무지개 같은 선물이었다.

겨울이 준 선물

닿을 듯 말 듯 한
우리 사이가 멀게만 느껴져.
조급해진 내 마음을 하늘이 알아준걸까?

이 계절은 아름다운 눈꽃을 뿌려
우리를 축복해주었다.

잘 모르겠어요

타오르는 모닥불 아래
자꾸만 붉어지는 두 볼이
뜨거운 열기 때문일까요,

아니면
당신을 향한 내 감정 때문일까요?

봄을 기다리는 너에게

나, 지금
다시 올 봄을 기다리는 너에게
내 마음 전하려 해.

달빛 아래

고백하기 딱 좋은 분위기 만들어주신 거라고
그렇게 생각할게요, 달님.

꿈길

그날 밤,
그녀를 찾아
머나먼 꿈길을 걸었답니다.

기
다
림
이
란

시
작

그녀가 감상을 마칠 때까지
한참을 바라보았습니다.

조금 늦어지더라도
내 사랑은 변함없기에.

Part 2

우리의 계절이

시작된다

반짝이는 마음

그녀와 어울리는 이곳에서
내 마음을 보여주고 싶은데,

그녀가 받아줄까?

사 랑
랑 매
듭

그도 나처럼 떨릴까?

손끝에 전해지는

잠시라도 그녀가
나와 함께하는
예쁜 꿈을 꾸었으면…

그림자 속으로

매일 꿈꿔왔던 우리의 첫 데이트.
심장이 눈치 없이 '쿵쿵' 크게 뛰는 탓에
슬금슬금 그림자 속으로 숨어버렸지 뭐야.

초
점

내 초점은 항상

그녀에게 향하는 내 마음과 같아.

둘이서 하나

아이스크림 한입 먹는 것도
어찌나 설레던지.

그런 모습도

토라진 너의 모습이
풀이 죽은 강아지처럼 너무 귀엽지 뭐야.

한 번의 손길

잔뜩 굳어 있던 내게
그가 스며들게 된 건
그리 어려운 일이 아니었어요.

저 하늘
정상에서

조심스럽기만 하던 내 마음이
창밖의 구름처럼 뭉게뭉게 부풀어 올랐어요.

첫
눈
맞
춤

웃는 너의 얼굴,
단지 그뿐이었다.

너에게는 언제까지나

부스스한 머리,
잠옷 차림의 모습은
아직 들키고 싶지 않아요.

당신에게는 언제나
예뻐 보이고 싶어요.

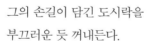

배부른 마음

그의 손길이 담긴 도시락을
부끄러운 듯 꺼내든다.

난 오늘 그의 마음을
배부르게 먹을 수 있을 것 같다.

알아주길

간절한 내 소망이 전해지길 바라며
그의 옷자락을 잡았습니다.

봄꽃
엔
딩

봄을 알리는 그 노래가 들려오면
꽃잎이 수놓은 핑크 카펫을 밟으며
서로를 스치던 날을 떠올려요.

새로운 시작을 안겨준
그날을.

너와 나의 멜로디

우리를 축복하는 듯한
고래의 노랫소리에 맞추어
당신만을 위한 곡을 써내려갑니다.

오아시스

홀로 걷다가 도착한
어느 호숫가에서
함께 걸을 당신을 만났습니다.

천국의 계단

쉬는 시간이면
옥상으로 향하는 계단에 앉아
가만히 눈을 감았어.

눈을 감으면 보이는 그곳은
네 향기로 가득했지.

기다림

그는 어디쯤에 있을까?

난 그와 같은 시간 속에 있는 걸까?

따뜻한 포옹

그녀가 내 품에 들어온다.
따뜻한 온기와 함께
터질 듯한 내 마음도 전해지기를.

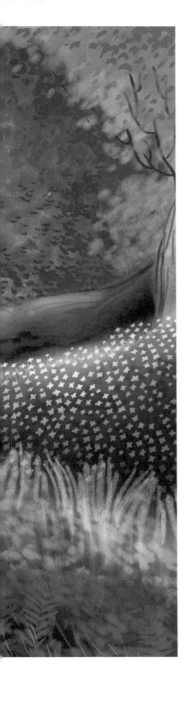

꿈의 숲

별들이 지켜보는 깊은 밤,
꿈결 같은 추억 하나가
내 마음속에 자리 잡았다.

첫사랑

따뜻한 커피향도,
똑딱똑딱 흘러만 가는 시계 초침 소리도
그대로 멈추어버리길.

시작점

그래,
이맘때였던 것 같다.
내 마음의 시작은.

하
루
의
끝

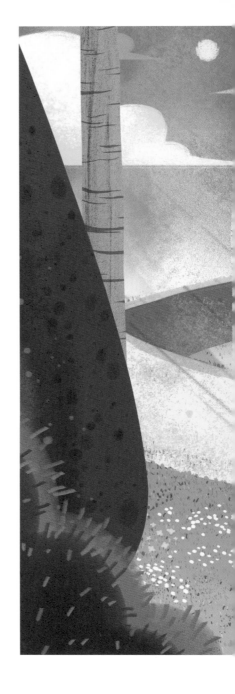

서로를 마주보며
우리의 오늘을 마무리한다.

한줄기 빛이 되기를

당신이라는 외로운 나무에
한줄기 빛이 될 수 있기를.

아, 그랬구나

난 아직도
그 시절의 너를 잊지 못했구나.

맹세

약속해요.

이것이 끊어지지 않을
맹세의 시작이라고.

크리스마스 선물

감았던 눈을 뜨니
그가 눈앞에 나타났습니다.
울지 않고 기다렸기 때문일까요.

온기

맞잡은 손에
온기가 느껴진 그 순간 비로소
우리가 연인이 되었다는 사실을
믿을 수 있었어요.

달빛에 기대어

예쁘게 떠 있는 저 달에게
그가 오기를 간절히 기도했던 건
나만 알고 있는 비밀이야.

그녀에게 가을은 더 이상
외로움의 계절이 아니라는 걸
알려주고 싶었어.

이렇게 둘이 함께라면
가을도 반짝반짝 빛나잖아.

우리의 엔딩

우리는 그 길을 따라 계속 걸었답니다.
이야기의 결말이 정해져있다고 해도
이 순간의 엇갈림보다
두려운 건 없었으니까요.

이루어질 마법

하늘에 뿌려진 반짝반짝 빛나는 가루가

두 사람의 꿈에 작은 마법을 걸었답니다.

벚꽃 연가

벚꽃이 춤추고
달님이 노래하는
이곳에서

우리의 만남은
시작됐습니다.

영화 속　한 장면처럼

그날은
아주 예쁜 영화 속의
한 장면이었던 것 같아.

별 축제

별들이 우리의 만남을
축복하는 듯해요.

기록 거울

우리, 이곳에 다시 오면
우리의 첫 만남을 기억해요.
그날의 커피는 유독 달콤했고
은은한 조명과 그곳의 공기는
너무나도 따스했어요.

그러니,
그때 그 자리에서 다시
우리의 추억을 기록해요.

Part 3

그리고 우리는

두 손을 맞잡았다

주인공

깜빡이던 가로등이 밝게 빛나는 순간.
우리는 서로에게
주인공이 되었습니다.

푸르른 보통날

우리, 못다 했던 이야기로
오늘을 가득 채워요.
이 하루가 온통 나와의 보통날로
물들도록 말이에요.

봄
눈

봄 눈이 예쁘게 내리던 날,
우리는 함께
그 풍경 위를 걸었다.

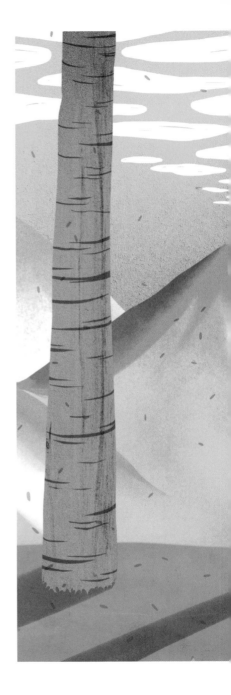

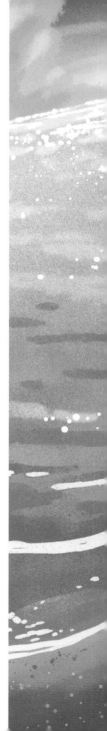

모래성

우리가 쌓아올린 모래성이
밀려오는 파도를 이겨내길,
오래도록 무너지지 않길 바라요.

바람 타고

그날은 꼭, 그렇게 흘러가는 대로
좋은 일이 일어날 것만 같은 기분이 들었답니다.

너의 걱정만 있다면

그렇게 걱정해주니까
매일매일 아팠으면 좋겠어.

당신을 그려요

눈을 감으면 아른거리는 불빛.
그 사이로 보이는 그대의 미소를
오늘도 마음속에 그려요.

변함없이

우리 맞잡은 손 떨어지지 않도록
내가 더 많이 사랑할게요.

이 마음에 변함은 없을 거예요.

함께 가요

그대와 함께라면
어디든 갈 수 있을 것 같아요.

소중한 사람

그가 에스코트를 해줄 때면
내가 소중한 사람이라는 걸
느낄 수 있어요.

여름날

맞잡은 손에서 느껴지는 열기는 잊고서
우리는 한참 동안
푸른 하늘을 바라보았습니다.

우리의 계절

우리의 온도와 닮은 여름이라는 계절

길

그의 뒷모습을 보며
한 걸음
한 걸음
따라 걸었다.

어느덧
그가 나의 길이 되었다.

그
날,
빗
속
에
서

그날의 공원에는 빗소리와 함께
작은 목소리가 들려왔어요.
봄비 속에 찾아온 소중한 선물이었지요.

너의 곁에서

지금 이대로
네 모습을 조금 더 담아두고 싶어.

이
곳
에
서

잠시 헤어져도,
이곳에서 다시 꼭 만날 수 있기를…

약속

"우리, 이 마음 변치 말자."

그리고 우리는
두 손을 맞잡았다.

순간에서　영원으로

빛으로 온 너는
내게 떨어져 별이 되었네.

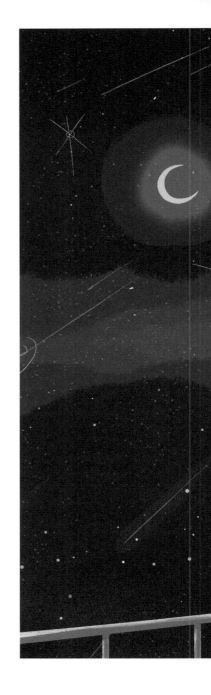

가을동화

가을로 물든 숲속에서
눈은 서로를 지긋이 바라보았고
발은 서로의 리듬에 맞추었다.

태양 아래서

평생을 약속하는
눈부신 마음을 너에게 전할게.

은하수 길 따라

잔잔한 하늘을 수놓던 그대의 별들을
마음속으로 주워 담아요.
그러면 그녀의 별 하나하나가
나의 우주라는 걸 알게 되겠지요.

사랑스런 이야기

하나도 재미없지만
신나게 말하는 모습이 너무 사랑스러워서
자꾸만 웃음이 나와.

모든 순간

바다도 잠이 들어 잠잠해질 즈음
그대에게 속삭였습니다.

"이 모든 순간에 함께해주어 감사합니다.
지금도, 앞으로도, 언제까지나."

그날,
우리

"그날, 우리가 함께였네요."

그대의 말에
떨어지는 꽃잎 사이로 보이던
당신의 미소를 기억한다고 말해주었어요.

그
밤
에

그날 밤은
유독 달이 밝았다.
감춰지지 않는 두 뺨의 홍조처럼.

동이 터올 때

하늘을 살포시 물들이는 태양을 보며
따스한 태양처럼
앞으로도 곁에 있겠다고 다짐했습니다.

너만의
산타클로스

그녀의 산타는 내가 되고 싶어,
언제까지나.

내 눈 가득히

별이 쏟아지는 밤하늘 아래,
타오르는 장작 불빛 사이로
그녀의 얼굴이 아른거린다.

운명

믿을 수 있나요?
잠시 스쳐 지나갔더라도
언제든 한눈에
당신을 알아볼 수 있을 거예요.

그게 바로 운명이겠죠.

달 안에서 만나요

나만의 달님과 함께라면
어둠 속에서도 겁내지 않을게요.

우리, 달 안에서 만나요.

비로소

참 오래 걸렸다.

서로를 가까이에 두고도
먼 곳만 바라보았지.

우리는 어쩌면
오랜 시간이 지나고 나서야
함께할 운명이었는지도 몰라.

사랑이라는 천국

그녀와 함께하는 지금
이곳이 천국이 아니라면
천국은 도대체 어떤 풍경일까.

약속해요

이 순간을
가장 행복한 기억으로 남겨줄게요.

비
취
주
세
요

우리의 찬란한 순간을
더 오래 간직할 수 있도록
저 태양이 우리를 조금 더 비춰주기를.